AF509751

Franciæ lumini
sacrum
ex-libris
Jacques Lion-

France (A.). Chevalier. Numéro
de La Vie Contemporaine du 15 déc.
1894, in-8°, broché demi-toile,
n. rog., couv. (Quantin).

[Édition originale de cette
nouvelle qui est la première
version de l'Histoire comique.
Ces lignes autogr. de l'auteur :
A mon petit ami Léon (Jacques,
en lui laissant le soin de discerner
si cette ébauche est meilleure que
l'œuvre terminée (ce que je ne
crois pas)
                    Anatole France

7ᵉ ANNÉE.   15 Décembre 1894.   TOME IV.

LA
VIE CONTEMPORAINE

ET

REVUE PARISIENNE RÉUNIES

Illustrations : Napoléon raconté par l'image, dix reproductions d'après les documents originaux (pages 639 à 659).

BUREAUX

8, RUE DE LA CHAUSSÉE-D'ANTIN, 8

PARIS

LA VIE CONTEMPORAINE

ET REVUE PARISIENNE RÉUNIES

Paraissant le 1ᵉʳ et le 15 de chaque mois

ABONNEMENTS

FRANCE		ÉTRANGER (Union postale)	
Un an	30 fr. »	Un an	36 fr. »
Six mois	16 fr. »	Six mois	19 fr. »
Trois mois	8 fr. 50	Trois mois	10 fr. »

Le numéro 1 fr. 50

Les abonnements partent du 1ᵉʳ et du 15 de chaque mois.

On s'abonne dans tous les bureaux de Poste et chez les Libraires de France de l'Etranger.

Les annonces sont reçues aux Bureaux de « la Vie Contemporaine », 8, rue de la Chaussée-d'Antin, et à la « Société parisienne de publicité », 7, rue Joquelet.

La « Vie Contemporaine » ne publie que des œuvres inédites.

La reproduction, sans indication de source des articles publiés par « La Vie contemporaine », est interdite.

Tous droits sont expressément réservés pour la reproduction et la traduction des Romans et Nouvelles.

LA
VIE CONTEMPORAINE

SEPTIÈME ANNÉE

TOME IV

LA
VIE CONTEMPORAINE

—✢○✢—

SEPTIÈME ANNÉE

TOME IV

Octobre — Décembre

—✢○✢—

PARIS

8, RUE DE LA CHAUSSÉE-D'ANTIN, 8

—

1894

À mon petit ami Lion (Jacques),
en lui laissant le soin de discerner
si cette ébauche est meilleure que
l'œuvre terminée. (Ce que je ne
crois pas)
Anatole France

CHEVALIER

I

C'était dans une loge d'actrice, à l'Odéon. Félicie Nanteuil assise devant la toilette, sous le bec de gaz, regardait dans la glace sa fine tête poudrée et passait la patte de lièvre sur ses joues. Cependant Mme Michon, l'habilleuse, arrangeait sous la nuque gracile de la comédienne les trois plis Watteau de la robe rose.

Le docteur Trublet, l'ami des actrices, appuyait sur un coussin du divan son crâne chauve et, les mains jointes sur le ventre, croisait ses jambes courtes.

— Quoi encore, ma chère enfant?

— Est-ce que je sais? Des étouffements... Tout d'un coup une angoisse comme si j'allais mourir.

— Êtes-vous prise quelquefois d'une soudaine envie de rire ou de pleurer?

— Dame oui!... Madame Michon, ramassez-moi l'épingle qui est tombée sous la toilette, là... une épingle à tête de perle...

Imaginez-vous, docteur, que je crois voir la nuit sous tous les meubles un chat qui me regarde avec des yeux de braise. Est-ce assez bête ?

— Mademoiselle, nous soignerons l'estomac, et vous ne verrez plus de chats sous les meubles.

On frappa ; une voix de femme cria du couloir : « C'est moi ! »

Félicie pria le docteur d'ouvrir la porte, tandis que Mme Michon, des épingles dans la bouche, piquait un nœud à la jupe rose.

Mme Doulce entra, pesante, dans l'abandon de son corps massif qu'elle savait encore, sur la scène, ramasser et tendre à la dignité des mères nobles.

— Bonjour, mignonne ; bonjour, docteur. Tu sais, Félicie, que je ne suis pas complimenteuse, eh bien ! dans le deux de la *Mère confidente* tu fais des choses très bien et qui ne sont pas faciles.

Nanteuil s'était levée, souple et jaillissant dans la minceur agréable de sa jeunesse. Elle tendit à Mme Doulce sa main plâtrée.

— Ce que vous êtes bonne pour moi, madame Doulce... Mais c'est le deux qui m'ennuie, quand je m'assois sur les genoux de cette grande goule de Perrin, ça me fait un effet... Elle me dégoûte, cette femme-là.

Avec la prudence et la dignité d'une ancienne, Mme Doulce feignit de n'avoir pas entendu.

— Enfin, mignonne, tu le tiens, le rôle d'Angélique. Seulement rappelle-toi ce que je t'ai dit : il faut garder le geste un peu étroit, la taille un peu raide : c'est le secret des ingénues. Défie-toi de ta jolie souplesse naturelle. Les jeunes filles du répertoire doivent être un rien poupée. C'est de style. Le costume le veut.

Elle mit en parlant la main sur la taille de l'ingénue.

— Ce corsage en pointe, ma mignonne, cela s'appelait un corps, c'était raide : il y en avait de garnis en fer, ma parole.

Et la bonne Mme Doulce continua de prodiguer ses bons avis. Comédienne de mérite, mais vieillie et sans emploi, elle donnait des conseils aux débutantes et parfois gagnait ainsi son souper.

Félicie ne l'écoutait pas. Elle interrogea Trublet qui tournait au plafond sa face camuse et riante.

— Docteur, l'estomac, où est-ce au juste?

Avant que Trublet eût pu répondre, la bonne Mme Doulce s'écria qu'on était bien heureux de ne pas sentir son estomac. Elle avait au sien, après les repas, des gonflements douloureux. Et elle demanda un remède au docteur.

La porte était restée entr'ouverte. Un jeune homme très beau, très élégant, la poussa ; et, ayant fait deux pas dans la loge, demanda gentiment s'il pouvait entrer.

Oui, Ligny le pouvait. Mlle Nanteuil, d'un geste prompt et généreux, lui tendit la main qu'il baisa avec beaucoup de plaisir et un peu de fatuité.

— Monsieur de Ligny, dit le docteur, Mlle Nanteuil cherche son estomac.

Ligny, qui comme le docteur avait le tour aisé du langage mondain, fit à ce sujet quelques plaisanteries faciles, que Félicie Nanteuil interrompit en leur disant qu'ils étaient bêtes.

A ce moment il se fit dans le couloir un bruit de pas : les acteurs de la première pièce remontaient dans leurs loges.

Félicie tourna sur Ligny ses prunelles claires d'où jaillit une lueur trouble et fumeuse. Et elle dit d'une voix mal posée :

— Ah ! non ! je n'ai pas envie de jouer les ingénues ce soir.

Le docteur détourna, en souriant, sa tête de sage ancien. Mais la bonne Mme Doulce répondit avec une gravité pesante :

— C'est une raison de croire, ma mignonne, que vous jouerez très bien l'Angélique de Marivaux. Car nous n'entrons jamais mieux dans nos rôles que quand nous y entrons de force et malgré nous. Mounet-Sully me confiait, l'autre jour, qu'en composant le François Ier du *Roi s'amuse*, il avait trouvé, la mort dans l'âme, les effets légers du rôle : et moi-même j'ai étonné la salle entière par l'accent de ma gaieté dans le moment où l'on venait de m'annoncer que mon pauvre Doulce, si grand artiste et si bon mari, était tombé foudroyé d'apoplexie à l'orchestre de l'Opéra, au moment où il saisissait son cornet à piston.

Cependant Mlle Nanteuil, feignant de chercher partout ses bagues, effleura de la bouche l'oreille de Ligny :

— Attends-moi après la représentation dans un fiacre au bas de la rue de Tournon.

— Et cela se comprend, poursuivit Mme Doulce. L'art de la comédie est un art d'imitation; or ce que l'on n'éprouve pas on l'imite d'autant mieux.

Prête à paraître en scène, Félicie Nanteuil alla donner devant la glace un dernier regard, attentif et sévère, à son maquillage.

Tandis qu'elle était ainsi occupée, un grand maigre garçon entra dans la loge, en se dandinant avec la hardiesse gauche de la timidité. Les yeux creux et sombres sous un nez en bec de corbeau, sa bouche riait d'un rire immobile. Et dans l'ombre, à son long cou une pomme d'Adam faisait un saillie énorme sur sa cravate en corde. On ne prenait pas garde à lui. Seule Mme Doulce, qui n'était en situation de mépriser personne, dit en lui tendant la main :

— C'est vous, Chevalier? Bonjour, mon ami.

Félicie, maussade, cria sans tourner la tête :

— Tout le monde alors?... C'est plus une loge, c'est un moulin !

— C'est donc ça, répliqua Chevalier, en se retournant gouailleur vers Ligny, c'est donc ça que...

Sous le regard froid du jeune homme, il se mordit la langue et fredonna très bas :

> Attachez donc là votre âne,
> Ma p'tite d'moiselle Marianne.

Puis il dit :

— Mes compliments tout de même à la meunière.

Et il expliqua comment, n'étant que du prologue dans la pièce des Variétés, il était venu «dessus l'omnibus» à l'Odéon à temps pour voir jouer sa petite camarade. Lui, c'était bien simple! Il était pompier au prologue qui se passait dans un village. Il avait un casque qui lui descendait jusqu'au menton. C'était l'effet nouveau qu'avaient trouvé les auteurs : ils s'étaient mis trois pour cela. L'action était transportée ensuite dans la planète Mars : il n'en était pas.

— Ce n'est pas une raison pour entrer sans frapper, dit Félicie hargneuse.

Elle se leva. L'avertisseur avait déjà crié deux fois.

— C'est M. de Ligny, dit Trublet, qui avait laissé la porte ouverte.

Alors Félicie interpella Ligny avec une brusquerie tendre :

— Quand on est entré, on ferme la porte aux autres ; c'est élémentaire.

Elle reçut sur ses épaules fines le manteau de cygne que Mme Michon lui tendait et, par l'escalier tortueux, descendit dans les coulisses.

II

Chevalier n'avait pas attendu la fin du spectacle, il était allé chez Mme Nanteuil qui habitait avec sa fille un petit appartement sur la cour dans une maison de la rue de Médicis. Mme Nanteuil le reçut dans la salle à manger, meublée en vieux chêne, où luisaient sur le mur, aux clartés du feu de coke et de la lampe, une panoplie de sabres-baïonnettes et des couronnes de papier doré. Veuve d'officier et mère d'actrice, Mme Nanteuil, de son vrai nom Mme Nanteau, rassemblait ces trophées.

On voyait aussi sur le buffet une armure de femme, très fine de taille, avec de jolis seins de fer-blanc. C'était la principale pièce d'un costume que Félicie, encore élève du Conservatoire, l'hiver précédent, avait porté pour réciter un monologue de Jeanne d'Arc chez une duchesse spirite.

Mme Nanteuil accueillit affectueusement Chevalier, ancien camarade de sa fille dans la classe de Got. Elle lui savait gré d'aimer Félicie et de n'être point aimé d'elle. Elle comptait sur son dévouement et sur son humilité.

L'un près de l'autre, devant le feu, ils parlèrent du succès et de l'avenir de Félicie.

— Félicie, dit Chevalier, elle a le théâtre dans le corps ; elle l'a dans les jambes.

Mme Nanteuil sourit doucement :

— La pauvre enfant! elles ne sont pas bien grosses, ses jambes.

Elle demanda au camarade de sa fille s'il était content, s'il avait de bons rôles.

Non, il n'était pas content.

— Sarcey m'a assommé d'un seul coup. Il a dit que j'avais le masque ingrat. Mais c'est justement mon masque, madame Nanteuil, qui a décidé de ma vocation. Tout petit, à la pension, mes maîtres me disaient : « Pourquoi riez-vous? » Je ne riais pas du tout, je n'avais pas même envie de rire! Et ils me donnaient à conjuguer trente fois le verbe : *Je ris d'une manière inconvenante pendant la classe, etc.* Mes parents me destinaient à l'industrie. Ils m'envoyèrent à Châlons; mes camarades disaient : « Ce qu'il est drôle, Chevalier! Il rit toujours! » Eh bien, j'étais triste à mourir. Le plus fort, c'est que de retour à Paris, pendant que je me faisais du mauvais sang par rapport à la difficulté d'entrer dans les produits chimiques, le peintre Gimel que je connaissais par hasard me dit : « Chevalier, puisque tu n'as rien à faire, pose-moi donc Philippe le Hardi dans ma mort de saint Louis, une grande machine qui m'est commandée pour la cathédrale de Carthage. » Je réponds : « Je veux bien! » Et j'ai posé, la tête basse, regardant saint Louis dans une attitude d'abattement qui faisait peine à voir. Au surplus, Gimel me plaquait sur les deux joues des larmes grandes comme des verres de lunettes. Il finit son tableau, l'expédie à Carthage et fait monter du champagne. Six mois après il recevait du R. P. Cornemuse, chef des missions françaises à Carthage, une lettre lui annonçant que le tableau de la mort de saint Louis, ayant été mis sous les yeux du cardinal archevêque, avait été refusé par Son Éminence, à cause de l'attitude indécente de Philippe le Hardi qui regardait en riant le saint roi son père expirant sur la paille. Du coup, persuadé que la nature m'avait formé artiste comique, je renonçai à la chimie industrielle et je me destinai au théâtre. Alors, pourquoi Sarcey dit-il que j'ai le masque ingrat?

Mme Nanteuil, placide et bienveillante, trouva de bonnes paroles. Il y avait des obstacles. Mais on finissait par les surmonter

Sa fille avait aussi rencontré des mauvaises volontés de la part de certains critiques.

— Oh! reprit Chevalier, aucun n'a dit qu'elle avait le masque ingrat.

— Il est minuit, dit Mme Nanteuil; Félicie ne tardera pas à rentrer. Vous êtes bien aimable de l'attendre. On a besoin de bons camarades comme vous.

La bonne mettait sur la table un plat de charcuterie, un litre et des assiettes.

— Vous souperez avec ma fille, monsieur Chevalier... Et puis, ne vous tourmentez pas, il faut de la persévérance. La vie est difficile.

C'est une idée qu'elle avait, c'est même la seule que le temps eût imprimée dans sa tête molle, pendant une longue existence traînée de garnison en garnison, entre un mari alcoolique et des amants avares.

Elle reprit :

— Oh! bien sûr, il y a dans la vie des moments difficiles.

Il fit signe qu'il y en avait.

— Mais, dit-il, ceux qui souffrent n'ont que ce qu'ils méritent. Il ne faut qu'un moment pour s'ôter les ennuis, pas vrai?

Elle approuva. Certainement, il y avait des chances subites, surtout au théâtre.

Il reprit d'une voix profonde, intérieure, comme se parlant à lui-même :

— Si l'on croit que c'est pour le théâtre que je me fais de la bile!... Le théâtre, je suis bien sûr de m'y faire une place, un jour, et belle! Le théâtre, je l'ai là!

Il montra son front, puis poursuivit tout bas :

— Mais à quoi sert d'être un grand artiste si l'on n'est pas heureux?... pas vrai? Il y a des ennuis bêtes, qui sont terribles...

Il se tut. Le regard sombre de ses yeux creux restait attaché à la cuirasse de Jeanne d'Arc dont les seins, à leur pointe, luisaient dans l'ombre.

Après un long silence :

— Ces ennuis bêtes, ces ennuis dégoûtants, si on les

supporte trop longtemps, c'est qu'on est un lâche. Voilà!

Mme Nanteuil l'écoutait placide, avec cette douce volonté de ne rien savoir, qui était tout son génie dans la vie.

— Une chose terrible aussi, dit-elle, c'est la cuisine. Félicie est dégoûtée de tout, je ne sais que lui faire.

A partir de ce moment, la conversation languit et se traîna en paroles détachées qui n'avaient que peu de sens. L'heure normale à laquelle l'actrice devait rentrer était passée. Chevalier, Mme Nanteuil, la bonne, le feu de coke, l'assiette de charcuterie, tout, dans une tristesse morne, attendait Félicie.

Il n'était pas tout à fait une heure quand elle arriva, les cheveux défaits, l'œil brillant les joues blanches, les lèvres avivées et froissées, lasse, indifférente, muette, heureuse, jolie, ayant l'air de garder sous son manteau, qu'elle tenait des deux mains fermé sur elle, un reste de chaleur et de volupté.

Sa mère lui dit :

— Je commençais à être inquiète... Tu ne te défais pas?

Elle répondit : « J'ai faim. »

Elle se jeta sur une chaise, devant la petite table ronde. Rejetant son manteau sur le dossier elle découvrit son buste fin dans sa petite robe noire de pensionnaire, et, le coude gauche sur la toile cirée de la table, elle se mit à piquer de sa fourchette les tranches de saucisson et de galantine.

— Tu vois? Chevalier est venu te tenir compagnie, dit Mme Nanteuil. C'est gentil à lui, n'est-ce pas?

— Ah! Chevalier, dit Félicie. Eh bien! qu'il se mette à table.

— Est-ce que ça a bien marché? demanda la mère de l'actrice.

— Oui, maman, mais Jules Lemaître n'était pas dans la salle.

Le comique et l'ingénue soupaient en tête à tête, presque silencieusement. Puis Félicie repoussa son assiette et, renversée sur la chaise, les paupières mi-closes, elle sourit, de ce sourire bizarre qui faisait que ses lèvres ressemblaient à une pivoine déchirée. Mme Nanteuil, ayant pris son vin chaud, sommeillait devant le feu. S'étant réveillée, elle se leva :

— Vous m'excuserez, monsieur Chevalier, je vais me coucher.

Resté seul avec Félicie, Chevalier dit, avec le rire fixe et dur imprimé dans ses joues :

— C'est bête, c'est ridicule, mais je t'aime à en devenir fou... Tu entends, Félicie?

Du ton dont on parle à un malade qui se plaint, elle demanda si vraiment c'était aussi grave que ça.

— Plus grave ! Tu es rentrée à une heure, cette nuit. C'est Ligny qui t'a reconduite, j'en suis sûr ?

Comme elle ne répondait pas, il reprit :

— Imbécile que j'étais, je ne pensais pas à cela ! Je me disais que tu reviendrais ici avec Mme Doulce qui dans ta loge te faisait des yeux de chien affamé, dans l'espoir que tu lui donnerais la pâtée. Si j'avais su que tu te ferais reconduire par ce Ligny...

— Eh bien ! qu'est-ce tu aurais fait, si tu avais su?

— Je vous aurais suivis, pardi !

Elle arrêta durement sur lui ses prunelles trop claires :

— Ça, je te le défends, tu m'entends ; si j'apprends que tu m'as suivie une seule fois, je ne te revois plus. D'abord tu n'as pas le droit de me surveiller. Tu n'es pas mon amant, je pense.

Il se mit à rire amèrement.

— Dans un sens, non. Mais nous ne sommes pas des inconnus l'un pour l'autre. Si tu te rappelles les bonnes heures d'autrefois, quand nous sortions du Conservatoire entre chien et loup, toi bien près du loup, hein?...

Elle répondit :

— Je ne me rappelle pas.

Il répliqua gouailleur et sincère :

— Tu peux te vanter d'être rosse, toi. Mais qu'est-ce que cela fait, puisque je t'aime? Je t'aime et je veux que tu sois à moi. Je ne peux pas souffrir toujours comme une pauvre bête. Il n'est que temps de reprendre les affaires au point où elles étaient entre nous l'année dernière. Nous passerons l'éponge sur le passé et tu seras à moi, bien à moi. Je suis un honnête homme, tu sais. Je t'épouserai quand j'aurai une position.

Elle le regarda avec une surprise dédaigneuse. Il se dressa sur ses longues jambes.

— Tu ne crois pas en mon étoile, Félicie? Tu as tort. Tu t'imagines que je ferai toute ma vie le pompier qui éternue dans son casque et l'invité qui a des bottines trop étroites. Tu te trompes. Je me sens capable de grandes créations. Qu'on me donne un rôle et on verra ! Le théâtre, je l'ai dans le cœur et dans le cerveau. Il m'est venu une idée vaste comme le monde, et je la creuse. Je veux jouer les grands rôles de drame, en comique. Je serai effrayant. Je le sens. Oui, les grands premiers rôles de drame, avec des effets risibles qui donneront la vérité épouvantable de la vie. Mais comprends bien ! Le comique dont j'ai la conception, ce n'est pas la chose de me déguiser en orang-outang ou de me cacher dans une boîte de contrebasse; mon idée, c'est d'être drôle en étant sublime. J'ai senti cela un jour que j'assistais à une séance de la Chambre des députés... Il y avait à la tribune un orateur qui avait l'air d'un porteur d'eau ; il mâchait de la bouillie en exprimant de grandes idées sur le patriotisme. Il a fait crouler la salle sous les applaudissements. Alors je me suis dit : Je ferai cela, au théâtre, et bien mieux. Les grands rôles de drame doivent, pour produire tout leur effet, être tenus par un comique, mais qui ait de l'âme. Je travaille la grande scène de *Ruy Blas* dans cette manière-là. On verra. Ne va pas croire, Félicie, que je te fais un affront en t'offrant de t'épouser... plus tard, quand ce sera convenable. Rien ne presse, bien sûr... En attendant, je veux que tu sois à moi. Et, cette fois, tout à fait.

— Ne crie donc pas, dit Félicie ; maman dort.

Il reprit d'une voix moins haute :

— Mais sache bien que je ne veux pas que Ligny devienne ton amant.

Elle releva sa petite tête mutine :

— Et s'il l'est ?

Il fit un pas vers elle, sa chaise levée, et regarda la jeune femme d'un œil fou, horriblement fixe, tandis que les deux coins de sa bouche serrée par la colère remontaient risiblement jusqu'au milieu des joues.

— S'il l'est, il ne le sera pas longtemps.

Et il laissa retomber sa chaise.

Maintenant elle avait peur. Elle s'efforça de sourire.

— Tu vois bien que je plaisante.

Il s'assit, calmé, et se mit à jouer avec les pincettes.

— Fais-moi donc le plaisir, Félicie, de me dire ce qu'il a pour plaire, ce Ligny. Il est dans la diplomatie ; donc c'est un imbécile. Parfaitement... je parlais l'autre jour du corps diplomatique avec des hommes compétents, des conseillers municipaux. Tous ils m'ont dit : « Il n'y a pas d'hommes intelligents dans les ambassades. Il n'y en a pas. » Raisonne un peu, Félicie. Est-ce que ce sont les diplomates qui ont fait l'alliance russe ? Non ! c'est le peuple et les artistes... Alors ?...

Il parla longtemps encore. Elle ne répondit rien et lui laissa voir une telle envie de dormir qu'il se décida enfin à s'en aller.

Il prit son chapeau mou et en plia le feutre en diverses formes. Puis il le mit sur sa tête dans une manière héroïque et burlesque, et, déjà sur le palier, il dit :

— Si j'ai un conseil à te donner, Félicie, c'est de ne plus revoir Ligny... Parce que je mettrai entre vous...

Il renversa son index rouge, en spatule, ignoble, et décrivit des petits ronds comme pour montrer une tache sur le plancher.

— Je mettrai... pas grand'chose... un abîme.

Elle lui dit :

— Tape aux carreaux de la loge, pour qu'on t'ouvre.

Et elle ferma sur lui la porte en songeant :

— Réellement, il me fait peur.

III

Dans le fiacre qui, par delà les fortifications, descendait le boulevard désert, Félicie et Ligny se tenaient pressés l'un contre l'autre. Elle disait, roulant entre les doigts la brochure qu'elle était allée prendre chez Achille :

— Tu verras : je serai encore mieux dans le rôle d'Yvonne que dans celui d'Angélique. D'abord c'est d'un meilleur auteur, et moins ancien. Et puis Yvonne de Lautrec est plus distinguée.

Elle releva sa voilette et, allongeant les lèvres comme une nymphe de fontaine rocaille qui fait jaillir l'eau de sa bouche, elle donna dans l'ombre des baisers humides à son compagnon.

— Tu ne l'aimes pas, ta Félicie, dis? Est-ce que ça ne te flatte pas d'avoir une petite femme qu'on applaudit, qu'on acclame et dont on parle dans les journaux? Maman colle dans un album les articles qu'on fait sur moi. L'album est déjà rempli. Sarcey a dit que j'étais douée. Tu entends, Robert?

Il lui répondait qu'il n'avait pas attendu qu'elle eût du succès pour la trouver charmante. Et il lui disait des choses caressantes et jolies, qui toutes avaient été dites avant lui.

Le fiacre s'arrêta devant une grille où, derrière une petite pelouse, s'élevait une maisonnette de plâtre, à perron de zinc. Ligny, pas bien riche pourtant, l'avait louée, mais sans bail, devant d'un jour à l'autre être envoyé à Constantinople.

Ils descendirent de voiture. A perte de vue, le boulevard Bineau prolongeait la ligne des arbres qui dressaient dans la tristesse de l'hiver et du soir leurs légers squelettes. Sur les murs des jardins les pinceaux des peupliers trempaient dans le ciel laiteux.

Elle demanda si la Seine n'était pas là-bas, sous les vapeurs blanches. Tandis qu'il tournait la clé dans la serrure rouillée, elle dit :

— La campagne, c'est humide.

Il répondit :

— Nous ferons un bon feu.

Elle posa la tête sur son épaule.

Comme ils allaient passer par la porte enfin ouverte, une grande forme agile et maigre qui, d'un coin de mur, s'était glissée sur leurs pas, se jeta devant eux dans le jardin et s'alla dresser sur le perron devant la porte.

— Qu'est-ce que c'est que ça? demanda Ligny.

— Ça, cria la forme étendue dans une attitude de crucifié, ça, c'est Chevalier. Écoutez et n'approchez pas. Je vous défends d'être l'un à l'autre, c'est ma dernière volonté.

Félicie poussa un cri et s'enfuit dans l'avenue déserte en

appelant au secours. Elle avait vu Chevalier mettre dans sa
bouche, ouverte par un rire monstrueux, le canon d'un revolver.

IV

Le cercueil aux bras des croque-morts passa sous le portail
de l'église et fut glissé dans le corbillard des pauvres. Le poêle,
bientôt couvert de couronnes, disparut sous les roses.

La foule des assistants, lente et respectueuse, descendait les
degrés. Le soleil avivait sous les chapeaux noirs, à la nuque
des femmes, les flammes tordues des cheveux fauves. De jolies
personnes pleuraient; c'étaient les camarades de Chevalier. Des
hommes glabres entouraient M. Galipeaux qui devait prononcer
quelques paroles d'adieu sur la tombe.

Mme Doulce, très noble dans la robe noire que Félicie lui avait
donnée, marchait un peu à l'écart, faisant le rêve d'entendre :
« C'est la grande Doulce qui passe. » Le zèle de paraître soutenait ses chairs ruinées; elle semblait prendre pour elle tout le
deuil et porter d'ineffables douleurs. En réalité elle avait un
chagrin de bonne dame, et c'est avec de vraies larmes qu'elle
dit, dans la voiture, à Félicie Nanteuil, en l'embrassant :

— Ma chère petite, quel affreux malheur!

Elle était avide de détails. Elle demanda :

— Tu l'as vu tomber?

Non, elle ne l'avait pas vu tomber : elle n'avait pas entendu
le coup. Elle courait affolée dans l'avenue.

Félicie recommença pour la centième fois son récit :

— M. de Ligny m'avait emmenée chez lui pour me montrer
sa collection de bibelots japonais. Il tenait beaucoup à me la
faire voir...

Elle rapportait fidèlement la scène, disant comment elle avait
vu Chevalier tirer son revolver. Il faisait noir. L'arme était petite
et ne brillait pas. Pourtant elle l'avait aperçue très distinctement;
alors elle avait été prise d'une peur folle. Chevalier lui avait
toujours fait peur. C'est M. de Ligny qui était allé la chercher

dans l'avenue. Il lui avait dit, très pâle : « Mademoiselle, tâchez
de trouver une voiture. Retournez chez vous. Il faut que je reste
pour les constatations. » Après une pause elle termina son récit :

— Nous étions devant la porte. Il m'a dit : « N'entrez pas. »
Je suis entrée tout de même.

— Tu as eu tort, mon enfant, dit Mme Doulce.

Félicie répondit par un grand signe de tête :

— Oh ! oui, j'ai eu tort. Je l'ai vu. Il était devant la porte,
couché sur le ventre, une joue sur la pierre. Il semblait bien
plus petit qu'il n'était avant. Ses habits étaient tout mous, comme
si le corps n'y était plus. Il avait l'air de regarder et de rire. On
ne voyait pas de sang. J'ai dit : « Il n'y a pas de sang. » Robert...
M. de Ligny m'a répondu : « La balle a traversé le crâne. » Il
avait les yeux ouverts. Il avait l'air mort et avec cela l'air de je
ne sais quoi de plus effrayant. J'ai vu papa mort ; c'était bien
moins horrible. L'autre, on aurait dit qu'il s'en amusait. Il riait
si bien avec sa grande bouche que j'avais peur d'entendre tout
à coup le bruit de son rire.

Le convoi longeait les boulevards extérieurs, passant lente-
ment devant les boutiques blanches des marbriers et les façades
rouges des cabarets.

— Moi, dit Mme Doulce, il m'est arrivé bien souvent de m'ap-
procher d'un lit de mort. Alors je m'agenouille et je prie.

Elle fit un geste comme pour écarter une épaisse fumée :

— Et les terreurs se dissipent.

— Vous avez de la chance, vous, reprit Félicie. Moi, voilà
trois nuits que j'ai des peurs affreuses. Il faut pour que je m'en-
dorme que maman me tienne la main. Et il paraît que dans mon
sommeil je pousse des cris.

— Essaye de prier, mon enfant, répondit Mme Doulce. Je te
donnerai un scapulaire qui me vient du Père Laverdet.

L'inhumation fut faite dans la fosse commune, dont la terre
grasse n'avait jamais été recouverte de tant de fleurs. Le discours,
qui faisait paraître en l'artiste Chevalier une de ces victimes de
l'idéal, dévorées par une flamme intérieure, fut écouté avec
recueillement.

Après avoir secoué en frissonnant le goupillon sur le cercueil de sapin, sablé d'un peu de terre, Félicie, échappant à Mme Doulce, gagna par une allée de traverse la porte où l'attendait Ligny qui, par un sentiment de convenance, n'avait pas assisté à la cérémonie. Religieux, bien qu'il ne pratiquât pas, il était allé, pendant les obsèques à Saint-Séverin, entendre une messe basse à Saint-Philippe-du-Roule.

Il fit entrer Félicie dans la voiture arrêtée devant la porte du cimetière. Elle demanda :

— Où allons-nous ?

Il répondit en hésitant un peu :

— Boulevard Bineau.

Elle se récria :

— Ah ! non, par exemple. Jamais ! jamais ! jamais !

Il lui répondit, un peu contrarié, qu'il comprenait sa répugnance, qu'il y avait des impressions qu'il était impossible de raisonner. Il chercherait autre chose... un petit entresol à Paris. En attendant...

Elle le pria, en attendant, de la reconduire chez elle, rue de Médicis.

Il coula le bras autour de la taille de Félicie. Mais elle se dégagea, toute frissonnante.

— Tu ne m'en voudras pas, n'est-ce pas, mon Robert, de ce que je vais te dire, mais dès que tu me serres contre toi, je le vois là, sous nous, entre nous. C'est horrible !

V

Entrée dans la chambre, Félicie vit les fauteuils de velours grenat, dont les dossiers étaient couverts de carrés de crochet, le lit où, sous les rideaux de laine, reposait l'édredon comme un gros ventre, la cheminée avec sa garniture de zinc, les portières turques et le tapis de feutre blanchi par les pieds des inconnus qui avaient passé là. Ligny entra derrière elle et vivement ferma la porte à clé. Depuis le « drame de Neuilly », comme disaient les journaux, depuis six semaines ils n'avaient pas renoué leur existence passée. Elle avait trouvé chaque jour une raison de ne pas aller dans ce petit entresol qu'il avait loué pour elle, rue Nouvelle. Tantôt il fallait qu'elle travaillât avec Mme Doulce le rôle d'Yvonne dans le *Châtiment d'une mère.* Tantôt elle se sentait fatiguée : le docteur Trublet lui avait recommandé le calme et prescrit un régime sévère. Pour la première fois elle pénétrait dans le nouveau logis loué par son amant. Il l'y avait menée après une répétition du *Châtiment.* La nuit, déjà plus lente à venir en cette saison de neiges fondues, commençait d'effacer les banales tentures et les cadres dorés. Comme il fermait les rideaux, elle le pressa d'allumer les bougies, toutes les bougies. Elle lui demanda :

— Tu n'as rien apporté ici du boulevard Bineau, n'est-ce pas ?

— Rien… seulement le petit abat-jour rose, que tu trouvais si joli, et la glace à main.

Elle ôta son paletot de fourrure et alla regarder à la fenêtre, entre les rideaux.

— Robert, c'est mouillé sous le perron.

Il répondit, qu'il n'y avait pas de perron, mais seulement le trottoir, et tout près, à droite, la fontaine, adossée au grand mur du fond.

— Parce que, vois-tu, ma chérie, ce n'est pas une rue, c'est une impasse.

Elle répéta :

— Une impasse.

Il s'assit près d'elle sur le canapé, et l'aida à défaire le corsage qui tenait par des agrafes invisibles et des épingles inattendues.

Il dit :

— Je suis maladroit.

Elle répondit en riant :

— Bien sûr que tu n'es pas aussi habile que Mme Michon. Ce n'est pas tant la maladresse, mais tu as peur de te piquer. Les hommes, c'est lâche. Tandis que les femmes, il faut bien qu'elles s'habituent à souffrir ; c'est vrai, ce que je dis là. Une femme, ça a mal presque tout le temps.

Il lui donna des baisers sur les yeux.

— Ma chérie, tu sais bien que tu es une petite peureuse.

Elle répondit sentencieusement :

— Ça, c'est physique.

Le visage dans les cheveux répandus de la jeune femme, il lui dit combien il l'aimait, avec quelle impatience rageuse il avait attendu le moment d'être là près d'elle.

Elle semblait heureuse contre lui.

— Alors, c'est vrai, Robert, que tu l'aimes, ta petite femme? Tu seras fier, dis, quand tu la verras en Yvonne de Lautrec, portant l'amazone un peu mieux que vos mères et vos sœurs, je t'en réponds. Car, tu sais, je serai en habit de cheval au deux du *Châtiment*. Et je garde pour la première un effet d'une force à faire crever d'envie les petits camarades. Tu verras!

Soulevée par Robert, elle se leva.

Comme il montrait de l'impatience, elle lui dit :

— Et moi, tu crois donc que je ne t'aime pas?

Il l'entraîna abandonnée et souple; elle renversait la tête, offrant aux baisers ses yeux voilés de cils ombreux et sa bouche entr'ouverte où luisait un humide éclair.

Tout à coup elle se raidit, ses yeux grands ouverts roulaient tout blancs; elle poussa un cri aigu.

Il la soutenait. Elle se débattit, s'arracha de ses bras et courut se jeter demi-nue le dos contre la porte; là, dressée sur la pointe des pieds, les cheveux levés sur le front, les prunelles agrandies, la bouche ronde, les coudes enfoncés dans les côtes, elle abaissa le doigt vers la peau de chèvre étendue au pied du lit.

— Là! là! Il est couché, en chien de fusil. Il me regarde en riant. Il n'y a pas de sang.

De sa gorge sortit une sorte de glapissement de bête que suivit une plainte, douce et longue comme un son d'orgue. Ses prunelles fixes étaient pleines d'une horreur indicible. Elle essaya de se cacher le visage dans les mains, mais elle ne put soulever les bras. Comme si une corde le tirait de la nuque au talon, son corps se tendit en arc; puis elle tomba comme morte.

Une heure après, étendue dans le fiacre qui la ramenait rue de Médicis, elle se plaignait d'être brisée à toutes les jointures et de sentir par moments son cœur se soulever. Souffrant d'une brûlure au creux de ses mains, elle regarda, et vit que la paume était coupée et saignait.

Elle dit :

— C'est mes ongles qui sont entrés dans le creux de ma main. Ils sont pleins de sang, mes ongles, vois !

Elle le remercia tendrement des soins qu'il lui avait donnés et s'excusa avec douceur de lui causer tous ces ennuis.

— C'est pas pour ça que tu étais venu, hein ?

Et elle sourit.

Elle dit encore :

— Nous nous aimions bien nous deux, c'était gentil !

Puis après un long silence.

— C'est sa volonté. Nous ne serons plus jamais l'un à l'autre, plus jamais.

ANATOLE FRANCE.

TABLE

SEPTIÈME ANNÉE — TOME IV

DU 1ᵉʳ OCTOBRE AU 15 DÉCEMBRE 1894

LIVRAISON DU 1ᵉʳ OCTOBRE

LIVRAISON DU 15 OCTOBRE

LIVRAISON DU 1ᵉʳ NOVEMBRE

LIVRAISON DU 15 NOVEMBRE

LIVRAISON DU 1er DÉCEMBRE

LIVRAISON DU 15 DÉCEMBRE

Le Gérant : **H. CASSARD.**

Paris. — Typ. Chamerot et Renouard, 19, rue des Saints-Pères. — 31895.

MAISONS RECOMMANDÉES

Prime Exceptionnelle offerte à nos Abonnées

La M^{on} **D. BACLÉ**, 46, Rue du Bac, bien connue de nos Lectrices, informe qu'en considération de la recommandation de ses Machines à coudre par notre *Revue*, elle livrera à titre de Prime Exceptionnelle sa superbe et parfaite Machine à coudre **La Famille n° 1**, d'une valeur réelle et habituellement vendue par les dépôts 150^f. Elle sera expédiée en prime à nos Lectrices c^{tre} mandat de 89^f et rendue f^{co} de tous frais gare d'arrivée. *Avoir soin de se prévaloir du titre d'abonnée à notre Revue, et adresser commande ou demande de renseignements uniquement :* **M**^{on} **D. BACLÉ**, 46, Rue du Bac, PARIS.

EAU D'HOUBIGANT
LA PLUS APPRÉCIÉE POUR LA TOILETTE
HOUBIGANT, 19, Faubourg Saint-Honoré

POUDRE OPHÉLIA
TALISMAN DE BEAUTÉ
HOUBIGANT, 19, FAUBOURG SAINT-HONORÉ.

LE GARDE-MEUBLE PUBLIC
BEDEL et Cie, rue Saint-Augustin, 18
TRANSPORTS & DÉMÉNAGEMENTS
GARDE AU MOIS ET A L'ANNÉE

COMPAGNIE LIEBIG
VÉRITABLE EXTRAIT DE VIANDE LIEBIG
SE MÉFIER DES IMITATIONS, EXIGER LA SIGNATURE LIEBIG.

L'Extrait de viande Liebig, est précieux pour confectionner rapidement un bouillon délicieux et économique ainsi que pour améliorer les potages, sauces, ragoûts, légumes et toutes sortes de mets.

CRÉDIT FONCIER DE FRANCE

Capital : 170,500,000 fr., divisé en 341,000 actions de 500 fr., entièrement libérées

SIÈGE SOCIAL : Rue des Capucines, 19, PARIS

CONSEIL D'ADMINISTRATION :

Gouverneur : M. CHRISTOPHLE (Albert), O. ✻, ancien ministre des Travaux publics, député, place Vendôme, 19. — **Sous-Gouverneurs :** MM. LE GUAY (Albert), O. ✻, ancien préfet, rue Roquépine, 10; M. GAUWAIN, ✻, maître des requêtes honoraire au Conseil d'État, rue de la Planche, 9. — **Administrateurs :** MM. DE CRÉPY, DEVÈS, GAY, C. ✻, LE TRÉSOR DE LA ROQUE, ✻, MARRAUD, ✻, MATHIEU-BIODET, ✻, MÉLIODON, O. ✻, MÉZIÈRES, O. ✻, MIR, ✻, DE NEUFVILLE, PASTEUR, G. C. ✻, PICARD, PLASSARD, RIVIÈRE, ROULAND, ✻, SANSON, ✻, SIMON (Jules), ✻, THOUREAU. — **Censeurs :** MM. HARLY-PERRAUD, ✻, DE MARCÈRE, SAURET.

Prêts hypothécaires à long terme avec amortissement. — Le Crédit Foncier fait, en numéraire, jusqu'à concurrence de la moitié de la valeur des immeubles, des prêts hypothécaires amortissables dans un délai de 10 à 75 ans, suivant la combinaison d'annuités adoptée.
L'intérêt est de 4 50 0/0, sans commission.
L'emprunteur a toujours le droit de se libérer par anticipation, en profitant de l'amortissement déjà opéré.
Prêts hypothécaires à court terme sans amortissement. — Le Crédit Foncier consent des prêts hypothécaires à court terme sans amortissement pour une durée qui ne dépasse pas 5 années. L'intérêt de ces prêts est de 4 50 0/0 pour une durée de 1 à 5 ans.
Prêts communaux. — Le Crédit Foncier de France prête aux départements, aux communes et aux établissements publics avec ou sans amortissement. Ces prêts son consentis au taux de 4 10 0/0 sans commission.
Le Crédit Foncier de France émet des **Obligations foncières** en représentation de ses prêts hypothécaires et **des Obligations communales,** en représentation de ses prêts aux départements, aux communes, aux établissements publics.
Le Crédit Foncier reçoit des dépôts de fonds et de titres en compte courant. Il encaisse, pour les titulaires de comptes courants, les arrérages et coupons payables à Paris; il se charge gratuitement de transmettre aux agents de change leurs ordres de vente ou d'achat au comptant.
Le Crédit Foncier prête sur dépôt d'obligations foncières ou communales et de tous titres admis par la Banque de France comme garantie d'avances.

Dans les départements, s'adresser : Pour les obligations, à MM. les Trésoriers généraux et les Receveurs particuliers des Finances; — Pour les prêts, à MM. les Notaires et les Directeurs des succursales du Crédit Foncier de France.

Paris. — Typ. Chamerot et Renouard, 19, rue des Saints-Pères. — 31395

Anatole France en marge d'Anatole France

par Émile Henriot.

Le Temps
16 Août 1921
p. 3.

COURRIER LITTÉRAIRE

Anatole France en marge d'Anatole France

Fort peu de personnes sans doute, même parmi les plus fervents admirateurs de M. Anatole France, connaissent l'existence de certains exemplaires de son fameux roman *l'Histoire comique*, publié à très petit nombre (cinquante hors commerce, plus les luxe), la même année que l'édition originale, mais sous une couverture bleue, et augmentés en appendice d'une vingtaine de pages de notes qu'on ne retrouve pas dans l'édition ordinaire. « Ces notes, dit l'auteur, ont été rédigées par M. Adolphe Goubin. On sait que M. Goubin est un de nos jeunes savants les plus distingués. Il serait superflu de louer l'exactitude de son esprit. » Est-il inutile d'ajouter que ce M. Goubin figure parmi les personnages du *Mannequin d'osier*? Il y est devenu le disciple préféré de M. Bergeret, après la trahison de M. Roux, et on l'y voit fort préoccupé de savoir si Paul-Louis Courier serait un bon sujet de thèse française. Mais les notes qu'il a mises à l'*Histoire comique* portent si manifestement la marque de l'ironie et de l'érudition particulières à M. Anatole France qu'on les peut légitimement restituer à celui-ci. Anatole France annoté par Anatole France! Faut-il laisser ce régal aux seuls bibliophiles? En sont-ils dignes seulement? Le rarissime exemplaire de l'*Histoire comique* augmenté que nous avons eu ces jours-ci entre les mains n'était même pas coupé, bien qu'il portât une belle dédicace autographe de l'auteur. On nous saura peut-être gré de ne pas garder pour nous seul le suc exquis de ce commentaire.

Le premier point sur lequel M. France a voulu s'expliquer lui-même touche le sens du titre de son livre. Le mot comique a deux sens, dit-il : qui appartient à la comédie, selon le dictionnaire de l'Académie; et Littré ajoute : par extension, plaisant, qui fait rire. « Auquel de ces deux sens l'auteur de la présente histoire a-t-il pris le mot comique, la question semblera peut-être douteuse? Pour la résoudre, spécifie M. Goubin (puisque Goubin il y a), on consultera l'avis du plus grand nombre. C'est l'avis contraire qu'il faudra préférer. » Au sujet du roman, M. Goubin cite une longue et curieuse lettre de la Clairon à un ami de sa vieillesse, où l'actrice conte une singulière aventure : elle était aimée d'un certain M. de S..., qui mourut de chagrin après avoir été congédié, tellement il montrait d'exigence et de jalousie. Avant que d'expirer : « La barbare! dit-il, elle n'y gagnera rien; je la poursuivrai autant après ma mort que je l'ai poursuivie pendant ma vie. » Il revint en effet sous l'apparence d'un fantôme, et ses cris troublaient Mlle Clairon. En rapportant cette lettre, M. Goubin ne nous montre-t-il pas la source où M. Anatole France a puisé le sujet même de l'*Histoire comique*, où l'on voit, en effet, une actrice de l'Odéon, Félicie Nanteuil, poursuivie dans ses heureuses amours avec le beau Robert de Ligny par le tragique souvenir de l'acteur Aimé Chevalier, qu'elle chérit un jour et qui a fini par se tuer pour elle?

M. France joue là un tour bien malicieux aux dénonciateurs de plagiats : il leur coupe l'herbe sous le pied, en citant cet indiscret M. Goubin : il montre lui-même où il puise.

Le fait est qu'il puise partout, et s'il ne prenait un malin plaisir à le préciser, il est probable qu'on s'aviserait assez rarement de ses emprunts. « Tâchez de ne plus rêver de chats, dit Mme Michon, l'habilleuse, à Mlle Nanteuil : parce que c'est mauvais signe. » Et M. Goubin, dont l'érudition est universelle, ajoute à ce propos naïf la curieuse explication que voici, qui est tirée de la *Double clef des songes, ou l'ancienne et la nouvelle interprétation d'onéiromancie* réunies par Halbert (d'Angers) : « Chat blanc, trahison par ses amis; noir, perfidie de femme; roux, tristesse, chagrin; égratignant, attaque nocturne; miaulant, funérailles, mort d'un parent. » En d'autres occasions, M. Goubin cite plus haut, et jusqu'à du grec, Phèdre ou Sapho par exemple, sur l'autorité de qui s'est, plus d'une fois, appuyé le romancier; ou bien des artistes, comme Prud'hon (on sait que l'auteur du *Lys rouge* a réuni une belle collection de ses dessins), dont une composition a pu, peut-être, l'inspirer... Notre érudit annotateur montre d'ailleurs la curiosité la plus variée : tantôt il nomme des ouvrages de physiologie, comme ceux de Brierre de Boismont ou de Thomas Henri Huxley; tantôt des livres de cuisine, où l'on trouve aussi quelquefois de précieux renseignements philologiques, comme le volume de M. Urbain Dubois, la *Cuisine de tous les pays*, qui donne pour le mot *cassoulet* la forme assez rare de *cassolet*... Ailleurs, à propos des *Soirées de Neuilly*, « un livre curieux qu'on trouve parfois encore sur les quais », il rappelle qu'Asselineau assurait tenir d'Henri Monnier qui en dessina le frontispice (le portrait d'un M. de Fongeray) que ce prétendu portrait de M. de Fongeray « n'est rien moins que celui de Stendhal, légèrement changé ». (C'est Asselineau qui dit *rien moins que* : c'est *rien de moins* qu'il eût dû écrire, s'il a voulu, comme le texte le donne à penser, indiquer que le portrait de M. de Fongeray n'est pas autre chose que celui de Stendhal. Or il dit justement le contraire. M. Goubin avait là une bonne occasion d'ajouter une note à sa note, pour mettre au point ce délicat problème de grammaire, touchant *rien de moins* et *rien moins* : on regrette qu'il l'ait négligée.) Plus loin, à propos d'un mot du docteur Trublet, autre protagoniste du roman : « Ne pensez-vous pas que ce qui doit s'accomplir ne soit déjà accompli? » M. Goubin citera le savant M. Le Dantec, qui est l'adversaire de cette théorie de l'avenir présent, et M. Maurice Maeterlinck, qui va plus loin encore que M. le docteur Trublet et a même écrit dans le *Temple enseveli* qu' « il est à certains égards tout à fait incompréhensible que nous ne connaissions pas l'avenir »...

Tout cela n'est-il pas piquant? Un auteur qui s'annote lui-même, et le fait avec ironie, la chose est rare, croyons-nous. Peut-être, après tout, parce que les dessous des romans modernes sont habituellement assez faibles et que leurs auteurs se bornent à conter. C'est qu'on tient en général l'érudition pour desséchante, et c'est bien à tort, selon nous. Il y aurait à propos de M. Anatole France une bien jolie étude à faire sur l'érudition créatrice. — *Emile Henriot.*